Vom Maß des Lebens und der Liebe

Texte von Wolfgang Schuller
zu Bildern von

BRUNO EPPLE

bruno epple

MUT-Verlag ASENDORF

Bibliografische Information Der Deutschen Bibliothek
Die Deutsche Bibliothek verzeichnet diese Publikation in der Deutschen Nationalbibliografie; detaillierte bibliografische Daten sind im Internet über http://dnb.ddb.de abrufbar.

Umschlagbild:
Brautstrauß, 2000 (60 x 50)

2003

Bahnhofstraße 1 * 27330 Asendorf
Tel.: 04253 / 566

Druck und Bindearbeit:
Jütte-Messedruck Leipzig GmbH
Printed in Germany
ISBN 3-89182-082-8

INHALT

STERNENBLUMEN

Zum Titelgemälde dieses Buches

Da steht sie, die junge Braut, und hat einen Strauß in der Hand, einen Strauß von Blumen, die strahlen wie Sterne. Sie selbst strahlt nicht. Sie lächelt verhalten und blickt vor sich hin, in sich hinein. Um sie ist alles hell. Und in ihr? Vor ihr liegt ein ganzes Leben. Womit wird es ausgefüllt werden? Mit Liebe, das wollen wir hoffen. Mit schrecklichem Kummer, mit Verzweiflung, das glauben wir zu wissen.

Aber die Blumen strahlen. Von ihnen geht feines, feinstes Gezweig aus. Es trägt winzige Knospen. Alles kann daraus entspringen. Was es sein wird, das kommt auf uns an, auch auf uns. Das zeigt, davon spricht dieses kleine Buch.

Konstanz im Januar 2003
Wolfgang Schuller

ADAM UND EVA

Die ersten Menschen heißen Adam und Eva, Mensch und Leben, denn, so Dr. Martin Luther in zwei Randglossen zu seiner Bibelübersetzung, und er hat Recht mit seiner Etymologie:

Adam heißt auf Hebräisch Mensch / darum mag man Mensch sagen / wo Adam stehet / und umgekehrt // Hai / heißt Leben / Daher kommt Heva oder Hava / Leben oder Lebendige.

Schöner hätte die jüdisch-christliche Tradition unsere Stammeltern nicht nennen können, Mensch und Leben. Obwohl dabei auf den ersten Blick der Mann mit dem Menschen gleichgesetzt wird und die Frau nicht, wird der schöpferische Ausgleich dadurch getroffen, daß die Frau Leben bedeutet – und der Mann nicht: Ein Mensch ohne Leben ist tot, und das Leben braucht eine Verkörperung, sonst ist es sinnlos.

Warum ist Adam schwarz? Erstens: Weil der Maler zu dem Bild durch einen Aufenthalt in Brasilien angeregt wurde, wo es (fast) keine Rassenschranken gibt. Zweitens aber: Warum soll er nicht schwarz sein? Die Menschheit besteht doch aus

schwarzen, gelben, roten, weißen Menschen. Die Menschendarstellungen der frühen Hochkulturen und noch die Griechenlands und Roms zeigen den Mann, der draußen arbeiten muß, dunkel, die Frau, deren Lebenskreis das Haus ist, hell. Mann und Frau, Dunkel und Hell, sind eng verbunden. Wo sie in Liebe zusammenkommen, ist das Paradies.

Die Schlange der Bibel fehlt auf dem Bild. Adam greift von sich aus nach dem Apfel, Eva rankt sich an ihm herauf und sieht ihn an. Er sieht geradeaus. Beide blicken ernst. Sie wissen, was jetzt kommt.

NICHT IN NOAHS ARCHE

In der Schöpfungsgeschichte sah Gott zwar, *daß es gut war*, aber später enttäuschten ihn die Menschen:

Da aber der Herr sah, daß der Menschen Bosheit groß war auf Erden und alles Dichten und Trachten ihres Herzens nur böse war immerdar, da reute es ihn, daß er die Menschen gemacht hatte auf Erden, und es bekümmerte ihn in seinem Herzen, und er sprach: ich will die Menschen, die ich geschaffen habe, vertilgen von der Erde, und sogar die Tiere sollten mit den Menschen vernichtet werden.

Aber einen einzigen Menschen gab es, der war ein *frommer Mann und ohne Tadel*, Noe oder Noah hieß er, und er sollte mit seiner Familie gerettet werden, dazu von den Tieren dann doch auch noch je ein Pärchen. Gott befahl Noe, einen Kasten zu bauen – *arca* auf lateinisch, daher dann unser Wort *Arche* –, in diesen Kasten ging Noes Familie mit Kindern und Kindeskindern und von den Tieren

je ein Paar, Männlein und Weiblein, und dann kam ein Regen auf Erden vierzig Tage und vierzig Nächte, und alles, was einen lebendigen Odem hatte auf dem Trockenen, das starb.

Das war die Sintflut, die so heißt, weil die Menschen sich von Gott abgesondert hatten.

EPPIE 77

Und heute? Sind sie, das heißt ist Noes Nachkommenschaft besser geworden? Das Bild zeigt es: Es ist anders als die üblichen Arche-Bilder. Auf denen sehen wir sie offen, einladend, freundlich und aufnahmebereit. Die Tiere ziehen geruhsam und friedlich in sie hinein, Männlein und Weiblein, jedes nach seiner Art. Hier ist die Arche düster und abweisend; wir sehen nur den schwarzen Rumpf. Die Menschen will sie nicht. Ihnen steht das Wasser bis zum Hals. Sie strecken die Arme aus, aber vergeblich, sie gleiten ab an der hohen glatten Wand. Bald sind sie nicht mehr da. Ertrunken. Allesamt.

Aber – die bösen Menschen, die da kurz vor dem Ertrinken sind, sehen doch so normal aus. Kein Wunder, wir sind es ja. Wir alle. Immer noch. Und wieder sind wir *nicht* in *Noes Arche*.

JONAS

Die Menschen bleiben böse. Manche mehr, manche weniger. Jonas soll auf Befehl des HERRN in die Stadt Ninive und gegen ihre Bosheit predigen, will es nicht, flüchtet (übrigens bei Jaffa, wo die Orangen herkommen) auf ein Schiff; das kommt in großen Sturm, seinetwegen, vermutet Jonas zu Recht, er läßt sich als Opfer ins Meer werfen, das wird tatsächlich sofort ruhig; ein großer Fisch verschlingt ihn, er bleibt im Fisch drei Tage und drei Nächte, betet zum HERRN und lobt ihn, der befiehlt dem Fisch, ihn wieder auszuspeien; nun geht er nach Ninive, predigt mit großem Erfolg: Ninive bereut und wird vom HERRN verschont; jetzt ärgert sich Jona, daß Ninive verschont wurde – man sieht, auch er ist böse –, aber der HERR versucht ihm klarzumachen, daß er aus berechtigtem Mitleid gehandelt hat. – Ob's Jonas eingesehen hat, wissen wir nicht, denn das biblische Buch bricht, kurz, wie es ohnehin ist, hier ab.

Alles, alles, alles dürfte längst erklärt und ausgelegt sein. So macht Martin Luther im kurzen Vorwort zum Buch Jona der Ausgabe von 1545 Bemerkungen zur angeblichen Abkunft des Jonas: *DAS glaube wer da will / Ich glaubs nicht* sagt er da in herrlicher Naivität, ganz so, wie es 2000 Jahre vorher

EPPLE 79

schon der erste Geschichtsschreiber der Weltliteratur, der Grieche Herodot, an manchen Stellen getan hatte. Was in revidierten Lutherübersetzungen unter dem Namen *Tharsis* erscheint als Zielort des Schiffes, also die sagenhafte Stadt am Atlantik, übersetzt Luther mit *Meer*, muß er also mißverstanden haben. Und natürlich sieht er in einer Randglosse die Beziehung zum Neuen Testament – *Werkheilige und Heuchler verlassen ihren Gott und Christum / um ihres nichtigen Gottesdiensts willen* –, ach, wie schade, daß das Buch abbricht, wie gerne hätten wir in Jonas den ersten Christen erblickt, der, seiner eigenen Bosheit eingedenk, die Gnade über das Verdienst stellt!

Das lassen wir alles beiseite (haben's nun grad nicht getan, wie man sieht), sondern sehen uns nur das Bild an. Ein auf seine nackte Existenz zurückgeworfener, hilfloser Mensch treibt auf schäumenden Wogen, der Riesenwurm des Fisches speit ihn aus. Der Mensch (ein Mann, wie deutlich zu sehen) hat sich in den Willen des HERRN ergeben. Kein Wunder, daß er gerettet wird. Warum sollte er dann Ninive dessen Errettung verübeln?

EUROPA

Zeus, der oberste Gott der Griechen, war ein menschlicher Gott. Menschlich in dem Sinne, daß er der Liebe fähig war, der Liebe insbesondere zum weiblichen Teil der Menschheit. Das ist Gegenstand der Dichtung bis in die Neuzeit, nicht nur im *Amphitryon* von Heinrich von Kleist, nicht nur in Jean Giraudoux' *Amphitryon 38* von 1929 – er hat gezählt, sein Stück ist die achtunddreißigste Bearbeitung –, sondern noch im Roman *Der blaue Kammerherr* von Wolf von Niebelschütz. Im Paris des Zweiten Weltkrieges hatte Niebelschütz – damals Mannschaftsdienstgrad der Deutschen Wehrmacht – dieses Wunderwerk geschrieben, in dem Zeus höchstpersönlich und ganz real in der Gestalt eines Reichsgrafen von Weißenstein in die Affären eines ägäischen Inselreiches des 18. Jahrhunderts eingreift. Natürlich nur, um die Liebe der Thronerbin Danaë zu gewinnen, die ihrerseits – nein, nicht weiter. Das muß selber gelesen werden.

Im griechischen Göttermythos verwandelte sich Zeus – als ob er sich in seiner eigenen Gestalt nicht zu siegen getraute – in allerlei Wesen, um sich den von ihm Geliebten zu nähern: in einen goldenen Regen bei Danaë, in einen Schwan bei Leda, von der wir beim nächsten Bild hören werden, und, schon sozusagen handfester, in einen Stier bei Europa. Diese war die Tochter des Phoinix (oder Agenor), Königs von Tyros (oder Sidon) in Phönikien, also im heutigen Libanon. Und als sie am Strand des Meeres Blumen pflückte, kam der Stier aus dem Meer. Sie stieg auf, beide schwammen bis Kreta. Dort liebten sie sich, und ihre Kinder waren Minos, König von Kreta, Rhadamanthys, der spätere Unterweltrichter bei Platon, und Sarpedon, König von Lykien und Held vor Troja. Anders dann ein antiker Historiker: *Die Perser behaupteten, es hätten von den Hellenen einige – einen Namen nämlich können sie nicht beibringen – Kurs auf Tyros in Phönizien genommen und des Königs Tochter geraubt, Europa. – Das mögen wohl Kreter gewesen sein.*

Kein Stier diesmal. So jedenfalls erzählt es – in der kongenialen Übersetzung von Walter Marg – im fünften Jahrhundert vor Christus, zur Zeit des Perikles in Athen, der Vater, der Erzvater, der Urvater der Geschichtsschreibung, Herodot aus Halikarnass. Bodrum heißt die Stadt heute, liegt am Südwestzipfel der heutigen Türkei. (Wie bevorzugt sind die Leute, die sich etwas im Altertum auskennen, wenn sie in Flughäfen eine Lautsprecherstimme vernehmen, daß die Fluggäste, die mit *Turkish Airlines* nach Bodrum fliegen, zu *Gate sowieso* kommen sollen: Wenn die wüßten, daß sie dahin fliegen, wo die Geschichtsschreibung überhaupt erst ihren Anfang genommen hat ...) Nicht, daß Herodot kein Göttliches kennte, aber bestrafen tut nur die Hybris, erhöht die Kleinen, duckt die Großen, die Götter selbst greifen nicht

ein. Daher ist es auch kein Zeus in der Gestalt eines Stieres, der die Königstochter Europa entführt, sondern es sind ganz säkulare Griechen – womöglich allerdings Kreter, und damit hätten wir wieder den Anschluß an die Sage und diese wiederum dürfte etwas mit den Stierspielen des minoischen Kreta zu tun haben.

Und der Name unseres Erdteils, unserer vielzipfligen Halbinsel, dieses wundervoll variantenreichen Anhängsels von Asien? Seltsam. Zwar sind sich die Gelehrten darin einig, daß er mit der phönizischen Königstochter allenfalls insofern etwas zu tun hat, als beide Namen semitischen Ursprungs sein mögen, aber einen weiteren Zusammenhang sehen sie nicht. Vielleicht heißt das Wort „Abend", daher dann Abendland. Aber topographisch erscheint „Europa" seit dem 7. Jahrhundert vor Christus nur für einige Gegenden, Flüsse und Städte in Mittel- und Nordgriechenland. Und erst im 6. Jahrhundert teilt Hekataios von Milet die Welt in die beiden Erdteile Europa und Asien. Die Grenze war der Phasis in Kolchis, heute Rioni in Georgien. Ich gebe der Versuchung jetzt nicht nach, nun etwa auf Medea zu kommen, die kolchische Königstochter, die von dem Griechen Jason geraubt wurde, obwohl Herodot genau das tut und nach Europas Raub von Medeas Raub spricht – genug. Der Name unseres Erdteils jedenfalls hat nichts mit Europa auf dem Stier zu tun. Wer will, glaube es, aber niemand ist dazu verpflichtet.

LEDA

Noch einmal Zeus. Diesmal ist es die spartanische Königin Leda, die er begehrt, der er sich als Schwan nähert. Und was dann geschieht, ist der Gegenstand einer unendlich langen Tradition der bildenden Kunst, die diesen Akt nur sozusagen von außen zeigt. Auch hier sehen wir sie einfach nur dastehen, geradeaus blickend, in sich versunken, sinnend. Oder blickt sie sinnlich, weil durchaus etwas anderes in sie versunken ist? Sollte man diesen Vorgang, wie es heutigem Bewußtseinsstand entsprechen würde, deutlicher darstellen? Ist es Prüderie, wenn es einen vor dieser Möglichkeit gruselt? Oder ist es nicht eher Scheu davor, das Innigste, was zwischen Mann und Frau geschehen kann, durch ordinäres Vorzeigen trivialisiert zu sehen?

Leda also, ja, sie war der Sage nach Gattin des Spartanerkönigs Tyndareos, Mutter vieler Kinder, so etwa der Klytaimnestra, jener unseligen Frau, die ihren Mann Agamemmon ermorden ließ, weil dieser mit einem Bettschatz namens Kassandra aus dem Kriege wiederkam, und die dann deshalb ihrerseits von ihrem Sohn Orestes getötet wurde. Muttermörder also er, den die Erinyen, die Rachegöttinnen, dann doch nicht mehr verfolgten, der auf der wilden Krim seine Schwester Iphigenie aus dem Taurerland wieder nach

Griechenland brachte. Iphigenie in Tauris, von Corona Schröter und von Johann Wolfgang Goethe als Orest zu Weimar an der Ilm gespielt.

Zeus in seiner unersättlichen Lust auf menschliche Frauen begehrt Leda, nähert sich ihr als Schwan – auch das wieder so eine umschreibende Formulierung für etwas sehr Konkretes –, und das Ergebnis sind die beiden Zwillinge Kastor und Polydeukes sowie Helena, die schönste aller Frauen. So schön, daß ein zehnjähriger Krieg um sie entbrennt, vor Troja, weil Helena vom Trojanerprinzen Paris geraubt wurde. Oder ging sie freiwillig mit? Schon bei Homer, dem ersten Dichter der griechischen Literatur, macht sie sich entsprechende Vorwürfe. Ja, sie verachtet den unkriegerischen Paris. Aber als es zu dem kommt, was Leda und der Schwan miteinander machen, ist sie ganz dabei.

Ob Helena ahnte, daß sie 3000 Jahre später die Gattin eines gewissen Dr. Faust sein werde? Das hatte sich wieder der inzwischen geadelte alte Heide Johann Wolfgang von Goethe ausgedacht, und dazu noch etwas anderes. Anscheinend fand er die Situation, daß eine schöne Frau sich einem Schwan hingibt, so schön, daß er sie auch auf die Leda-Tochter Helena übertrug. Homunculus, der gewitzte künstliche Sohn – im Reagenzglas erzeugte! o welche Prophetie! – des zwar ledernen, aber wirklich tüchtigen ehemaligen Faust-Famulus Wagner, beschreibt im zweiten Teil des Faust eine Badeszene von Helena und ihren Gespielinnen:

Doch welch Getöse rasch bewegter Flügel?
Welch Sausen, Plätschern wühlt im glatten Spiegel?

Die Mädchen fliehn verschüchtert; doch allein
Die Königin, sie blickt gelassen drein
Und sieht mit stolzem, weiblichen Vergnügen
Der Schwäne Fürsten ihrem Knie sich schmiegen,
Zudringlich-zahm. Er scheint sich zu gewöhnen. –
Auf einmal aber steigt ein Dunst empor
Und deckt mit dicht gewebtem Flor
Die lieblichste von allen Szenen.

Durfte Goethe das? Natürlich durfte er, aber wenn jemand nach einer Rechtfertigung verlangen sollte, dann sei ihm mitgeteilt, daß selbst der Besuch – wieder ein verhüllender Ausdruck – des Zeus in Gestalt eines Schwanes bei Leda gar nicht althergebrachte griechische Sage ist, sondern daß ihn der Dichter Euripides aus verschiedenen anderen Sagen zusammengestellt hat. In hellster historischer Zeit. Aber an all das denken die beiden nicht, als sie es tun, der Schwan und Leda. Der Schwan leicht triumphierend, Leda hingegeben und versonnen. *Die lieblichste von allen Szenen.*

SIRENE

Ich gehe eine lange Straße entlang, links und rechts Chausseebäume. Eine massige große greuliche Frau steht irgendwo, reißt den Mund weit auf, und daraus entquillt ein durchdringender unheimlicher Ton, auf- und abschwellend, alles verschlingend. Ich habe schreckliche Angst. Dann werde ich geweckt. Ich bin erleichtert. Meine Mutter nimmt mich in den Arm und wir gehen in den Berliner Luftschutzkeller. Es war wohl 1942. Ich hatte die Sirene gehört. Dann wieder die Sirene, aber mit gleichbleibendem Ton: Entwarnung hieß das. Und dann standen wir auf der nächtlichen Staße und sahen den Himmel rot. Wenn heute Probealarm ist, versinkt in mir alles, was inzwischen geschehen ist. Ich bin wieder ein Kind im Luftschutzkeller.

Genau umgekehrt sangen die Sirenen der griechischen Sage. Nämlich unwiderstehlich. *„Denn es bezaubert ihn der helle Gesang der Sirenen"*, *„der zauberischen Sirenen süße Stimme"*, der *„süße Gesang aus unserem Munde"*, so heißt es in der Odyssee von Altvater Homer, wenn er schildert, wie diese Wesen verführerisch singen, um dann ihre Opfer, die sich ihnen arglos nähern, zu zerfleischen. Daher müssen sich die Gefährten des Odysseus die Ohren verstopfen, und

EPPLE 77

nur er darf sie hören – aber an den Mast des Schiffes gefesselt. Ausgesehen haben müssen sie schlimm. Jedenfalls von Nahem. Und dann hätte man auch sehen können, wie sie *„auf der Wiese sitzen, von aufgehäuftem Gebeine modernder Menschen umringt und ausgetrockneten Häuten"*. Aber dann wäre es zu spät gewesen. Eine solche Sirene ist auf dem Bild zu sehen, zwar rundbrüstig, aber schauerlich starr blickend, raubvogelfüßig, Knochen ringsum. Die Doppelflöte im Mund freilich deutet schon den eher unheimlichen Gesang an. Herrliches, strahlendes blaues Meer unter ihr, weißglänzende Felsen. Ein winziges Schifflein naht sich, freilich ohne den an den Mast gebundenen Odysseus und daher auf dem besten Wege, das nächste Opfer zu werden.

Es gibt noch andere Sirenen. Eine von ihnen hat Giuseppe Tomasi di Lampedusa geschildert, in einer Erzählung, die eben *Die Sirene* heißt. Ein alter Gelehrter erzählt darin einem jungen Freund, wie er als Jüngling einige Wochen auf einer Insel an der Küste Siziliens verbracht habe, nur Fels, Wasser, Sonne – und ein Meerwesen, oben Frau, unten Fisch. Und sie lieben sich. Seitdem hat der Jüngling keine Beziehung mehr zu einer Menschenfrau. Er wird ein berühmter Mann. Zum Schluß, uralt, ertrinkt er im Meer. Aber keine Nacherzählung kann die archaisch-gewaltige Atmosphäre dieser Erzählung wiedergeben. Jedenfalls: Auf diese Art von einer Sirene angezogen und schließlich verschlungen zu werden, wäre so übel nicht ... Oder: Wäre diese Sirene vielleicht eher das, was sonst Undine heißt? De la Motte Fouqués *Undine* jedenfalls steht im Arbeitszimmer des alten Gelehrten.

SCHAUMGEBORENE APHRODITE

Wie die Wellenschaumgeborene,
Strahlt mein Lieb im Schönheitsglanz,
Denn sie ist das auserkorene
Bräutchen eines fremden Manns.

Heinrich Heine dichtete das, im *Buch der Lieder*. Ein Buch, das nicht nur uns zu Zeiten unserer Pubertät aufwühlte – Gott, was sind wir genügsam gewesen, wenn man bedenkt, was heute die Jugend braucht, um aufgewühlt zu werden –, sondern das auch König Friedrich Wilhelm IV. immer wieder davon abhielt, gegen Heine vorzugehen, der von Paris aus gegen Preußen wirkte. War das nicht ein guter König?

Daß aber Aphrodite aus dem Wellenschaum geboren sei, das war nicht immer die Ansicht der Griechen. Bei Homer ist sie noch sozusagen reguläres Produkt von Zeus mit der Göttin Dione. Erst ein späterer Hymnos läßt sie bei Zypern aus dem Meer steigen. Und ausmalen tut es dann der Bauerndichter Hesiod, in der Übersetzung Thassilo von Scheffers:

... da hob sich
Weißlicher Schaum aus unsterblichem Fleisch, es wuchs eine Jungfrau
In ihm empor; sie nahte der heiligen Insel Kythere
Erst, doch gelangte sie dann zum ringsumflossenen Kypros.
Auf dort stieg die Göttin, die hehre, herrliche; Blüten
Sproßten unter den Schritten der Füße, und Götter und Menschen
Nennen sie nun Aphrodite, weil sie aus Aphros, dem Schaume,
Aufwuchs, auch Kythereia, weil sie Kythere sich nahte,
Schaumgeborene Göttin und Kythereia im Kranzschmuck,
Kyprosentsprossene auch, weil entsprossen der Brandung von Kypros,
Und auch schamerfreute, weil aus der Scham sie entsprossen.

Haben der anonyme Verfasser des Hymnos und Hesiod Recht daran getan, die Liebesgöttin dem Schaume entsteigen zu lassen? Sollen wir die Wahrheit sagen? Ja, das müssen wir wohl. Der Schaum also, von dem in der Sage die Rede ist, ist gar kein Wellenschaum, sondern der Schaum, der aus dem Glied des Urgottes Uranos herausfloß, welches ihm sein Sohn Kronos auf Anstiften der Uranos-Gattin Gaia mit einer Sichel abgeschnitten und ins Meer geworfen hatte. Brrr! Es ist ein schwacher Trost, daß diese Sage altorientalischen Ursprungs ist. Und wir verlassen sie schnell wieder und halten uns lieber an das schöne Bild des unschuldigen Wellenschaums, aus dem Aphrodite so unbefleckt emporsteigt. Aber doch noch etwas hinsichtlich des betreffenden

Körperteils: Schamhaft übersetzt Thassilo von Scheffer in der letzten Zeile „schamerfreut", während es, nach dem griechischen Text, deutlicher „gliederfreut" heißt. Aphrodite erweist sich ja als ein Wesen, das an diesem Männlichsten seine besondere Freude hat und es in zahlreichen Varianten kennenlernt.

Aber nun wirklich genug davon: Einfach aus Schaum ist Aphrodite entstanden. Wechselhaft wie Schaum, nicht faßbar, sich diesem und jenem und einem dritten und einem vierten Mann und vielen anderen Männern hingebend. Wetterwendisch wie ihre Mitgöttin Tyche, besser bekannt unter dem lateinischen Namen Fortuna, das Glück. Auch hier hat Heine das Richtige gesagt.

Das Glück ist eine leichte Dirne,
Und weilt nicht gern am selben Ort;
Sie streicht das Haar dir von der Stirne
Und küßt dich rasch und flattert fort.

Frau Unglück hat im Gegenteile
Dich liebefest ans Herz gedrückt;
Sie sagt, sie habe keine Eile,
Setzt sich zu dir ans Bett und strickt.

Müssen wir wirklich bei Aphrodite auch auf Frau Unglück zu sprechen kommen? Ja, das mußten wir wohl, wie jeder leicht einsieht. Aber trotzdem kehren wir jetzt schnell nur noch zu ihr zurück, der Glücksbringerin. Denn das ist sie denn doch. Und obwohl es verschiedene Arten von Glück gibt, ist das Glück, das sie bringt, sehr spezifisch. Man sieht es auf dem rechten Oberschenkel der Liebesgöttin.

APHRODITE VOR DEM SPIEGEL

Du hast es schwer. Nicht nur einfach schön bist du, sondern so schön, daß du dich der Männer nicht erwehren kannst. Was muß das für ein Leben sein, ständig angebalzt zu werden, ständig die Männer sich vom Leibe halten zu müssen. Und was für ein Bild von den Männern mußt du haben, die es meistens eben wirklich auf diesen Leib abgesehen haben. Und wenn es so einfach wäre! Es ist ja nämlich nicht so, daß dir die Männer gleichgültig wären. Ganz im Gegenteil. Du, Aphrodite, tatest es deinem Vater Zeus ja nach, indem du dir einen Mann nach dem anderen aussuchtest, Glück empfandest und Glück spendetest.

Glück? Einfach nur Glück? Gewiß ist Glück, einfach so, nichts Geringes, wenn das Wort in seinem ganzen Umfang ernst genommen wird. Trotzdem kann man es noch steigern. Du, Göttin, spendest göttliches Glück. Gerne wüßten wir, was du selber bei der Liebe zu sterblichen Männern empfindest. Aber wir sterblichen Männer wissen, daß es göttlich ist, was von dir kommt.

Es ist vielleicht, in unserer immer noch christlich geprägten Umwelt ausgesprochen, Blasphemie, wenn man an das neutestamentliche Wort erinnert (es steht bei Lukas, Kapitel 8,

Verse 37 und 47) daß eine *Sünderin viel geliebt* habe und daß ihr deshalb vergeben sei. Wir wollen auch gar nicht in den Kommentaren nachsehen, ob damit in Wirklichkeit etwas ganz anderes gemeint sei. Ich glaub's nicht. Ich hoffe es nicht. Es war schon *das*.

Schließlich hat der größte deutsche Dichter die Liebe, die aus der Schönheit kommt, ebenfalls in göttliche Sphären erhoben. Nicht mehr in christlichem, sondern in islamisch-orientalischem Kontext, also *west-östlich*: Er läßt seine Suleika sagen, die sich, wie du, Aphrodite hier im Bild, im Spiegel betrachtet:

Der Spiegel sagt mir ich bin schön!
Ihr sagt: zu altern sei auch mein Geschick.
Vor Gott muß alles ewig stehn,
In mir liebt Ihn, für diesen Augenblick.

ÖDIPUS UND DIE SPHINX

Alle wissen, was der Ödipuskomplex ist – oder fast alle, daher schnell die Mitteilung, daß der Begründer der Psychoanalyse Sigmund Freud die These aufgestellt hat, die Menschen durchliefen in ihrer frühkindlichen Phase das Bedürfnis, mit dem Elternteil des jeweils anderen Geschlechts in geschlechtliche Beziehungen zu treten, insbesondere trete das im Verhältnis des Sohnes zur Mutter auf; das spätere Verdrängen dieses Verlangens sei ein Faktor in der Entwicklung der menschlichen Kultur. Auf dem Bild sehen wir nun Ödipus und die Sphinx. Es ist ein ziemlich langer Weg, um von da zum Komplex zu kommen, aber wir wollen ihn gehen. So fangen wir an:

Die Stadt Theben im Griechenland der mythischen Zeit wird dadurch heimgesucht, daß vor ihren Toren ein gräßliches Ungeheuer lauert, die Sphinx, die jedem Wanderer ein Rätsel aufgibt und ihn, wenn er es nicht lösen kann, zerfleischt. Das Rätsel lautet: Welches Wesen ist das, das zunächst auf vier, dann auf zwei und schließlich auf drei Beinen geht und am schwächsten ist, je mehr Beine es benutzt? Alle Wanderer wissen es nicht und werden umgebracht. Eines Tages kommt jemand namens Ödipus, und hier setzt das Bild ein. Es ist ein Traumbild, ein Albtraumbild. Grelles Weiß, tiefes Schwarz, dunkelstes Blau. Vollmond. Ödipus hält schützend den Arm vors Gesicht. Man meint, es unheimlich sirren und dröhnen zu hören. Man meint, *dieser* Ödipus werde das Rätsel nicht lösen, *diese* Sphinx werde auch ihn verschlingen. Aber es kommt anders, er löst das Rätsel: Es ist der Mensch, der zuerst als Baby (natürlich kein griechisches Wort) vierfüßig krabbelt, dann aufrecht geht und im Alter einen Stock gebraucht (heute eher etwas Vierrädriges vor sich herschiebt, so daß er also insofern sechsfüßig wäre). Die Sphinx stürzt sich in den Abgrund.

Was hat das mit dem Ödipus-Komplex zu tun? Zunächst nichts, aber die Geschichte geht weiter. Theben ist also gerettet und macht Ödipus aus Dankbarkeit zum König. Er heiratet Iokaste, die Witwe des früheren, von einem Unbekannten ermordeten Königs und zeugt mit ihr die Söhne Eteokles und Polyneikes sowie die Töchter Antigone und Ismene. Viel später, als die Kinder schon erwachsen sind, wird Theben von Mißwuchs und Seuche heimgesucht. Als König hat Ödipus die Pflicht, etwas dagegen zu unternehmen, und was jetzt geschieht, hat Sophokles, der athenische Dramatiker des fünften Jahrhunderts vor Christus, im Stück *König Ödipus* in unvergänglicher Weise geschildert (und Pier Paolo Pasolini hat den grandiosen Film *Edipo Re* daraus gemacht): Ödipus läßt beim Orakel von Delphi anfragen, was geschehen solle, und Delphi antwortet, der Mörder des früheren Königs sei noch unentdeckt und müsse gefunden werden. Ödipus führt die Untersuchung, und in atembeklemmender Weise stellt sich im Lauf des Stücks heraus, daß er es selber ist. Er hatte auf dem Weg nach Theben in einem Handgemenge einen Unbekannten erschlagen, das war der König gewesen.

EPPLE 86

Aber das ist nicht alles. Der Name Ödipus heißt auf griechisch, wörtlich ins Deutsche übersetzt, Schwellfuß, die Griechen damals wußten das natürlich, wir müssen es erst erklären. Ödipus hat eine Gehbehinderung, weil ihm schon als Kind die Fußsehnen durchgetrennt worden waren. Und folgendes stellt sich im Lauf des Stückes heraus: Dem früheren König war geweissagt worden, er werde von seinem Sohn getötet werden. Daher ließ er den neugeborenen Säugling aussetzen, und um das Kind ganz hilflos zu machen, wurde es verstümmelt. Ein Hirte hatte Mitleid mit dem kleinen Wesen und zog es auf. Ödipus ist der Sohn des alten Königs und der Iokaste. Nicht nur hat sich die Weissagung erfüllt, daß der Sohn den Vater umbringt, er hat sogar seine eigene Mutter geheiratet. Ihre Kinder sind in Blutschande gezeugt. Zum Schluß erhängt sich Iokaste, Ödipus sticht sich die Augen aus und geht ins Exil. Nur Antigone hält zu ihm und begleitet ihn.

Da haben wir also den Ödipus-Komplex und könnten jetzt aufhören. Aber es fehlt noch der Zusammenhang mit dem Bild. Zunächst fragen wir also, ob Freud eigentlich recht gehabt hat, indem er die Heirat mit der Mutter als ein Grundmuster menschlichen oder männlichen Verhaltens angesehen hatte. Eigentlich klingt es ja absurd, aber es ist natürlich ausgeschlossen, hier eine kritische Überprüfung freudscher Theorien vorzunehmen. Freilich erlebt man ab und zu etwas, was einen nachdenklich werden läßt. Mir ist so etwas mit der noch bekannteren Theorie des Versprechens geschehen, des „freudschen Versprechens". Ich führte in einer akademischen Prüfung zu der Zeit den Vorsitz, als die Hochschulen voll mit vulgärmarxistischen und vulgärsoziologischen Klischees waren. Die Kandidatin – nicht Kandidat, Kandidatin, das ist wichtig! – wurde im Fach Psychologie nach Sigmund Freud gefragt und antwortete zur Zufriedenheit der Prüfenden, daß es damit natürlich nichts auf sich habe, weil jeder gesellschaftliche Bezug fehle und er absurde Behauptungen aufstelle. So behaupte er zum Beispiel, daß „sich Frauen minderwertig fühlen, weil sie einen Penis haben". Kein Druckfehler, sondern wirklich geschehen: *einen* Penis statt *keinen* Penis. Ein freudscher Versprecher im klassischsten Sinn. Von einer Frau gesagt. *Penisneid.* So ganz aus der Luft gegriffen kann also nicht alles sein, was Freud lehrt.

Und Ödipus' Heirat mit seiner Mutter? Etwas so Handgreifliches – welche freudianische Wortwahl! – wie mit dem Versprecher können wir hier nicht vorbringen, aber wir können uns noch einmal das Bild ansehen. Vorhin hatten wir gemeint, die Geschichte mit der Sphinx gehe ja anders aus als auf dem Bild dargestellt. Auf dem Bild ist die Sphinx übermächtig, Ödipus ängstigt sich vor ihr und hält den Arm vor die Augen. Aber das war ja nur ein Teil der ganzen Geschichte: Sie endet ja doch damit, daß Ödipus sich selber blendet. Also hat die Sphinx oder gar das Schicksal doch gesiegt? Aber Ödipus kann doch nichts dafür? Woher sollte er wissen, daß Iokaste seine Mutter ist? Wir wollen uns nicht verstricken in Fragen von Schuld und Verhängnis, sondern zum Schluß einen deutschen Dichter zitieren:

Ihr führt ins Leben uns hinein,
Ihr laßt den Armen schuldig werden,
Dann überlaßt ihr ihn der Pein:
Denn alle Schuld rächt sich auf Erden.

KATZENSPHINX

Einäugig sein ist kein Defekt. Einäugigkeit gibt Kraft und verleiht Macht. Das eine, das einzige Auge vereint in sich alle Kraft des Sehens, des Prüfens, des Durchdringens. Wotan, der oberste Gott der Germanen, ist einäugig unter seinem breitkrempigen Hut, wenn er in Menschengestalt auf der Erde wandelt. Der gewaltige Antigonos, Feldherr und einer der Nachfolger Alexanders des Großen, Begründer der hellenistischen Königsdynastie in Makedonien, hatte nur ein Auge und heißt daher so, Monophthalmos. Hannibal, Roms großer und tragischer Gegner, wird auch einäugig vorgestellt. Der gleichfalls tragische Hagen von Tronje, Siegfrieds Mörder aus Treue zu den Burgunden, schließlich auch Kriemhilds Mörder, hatte nur ein Auge. Ist es ein Zufall, daß die schwarze Augenklappe Mosche Dajans, des Siegers über die Araber, mehr Macht signalisierte, als es andere heldische Attribute hätten tun können?

Schwarz und massig sitzt die Katze da, oben auf dem Pfosten, vor düsteren Bäumen und rotem Himmel. Sie ist Hüter und Herr. Sie prüft jeden. Macht strahlt sie aus. Sie hat ein totes Auge.

EPPLE 83

NIXE

Nixchen. Wo kommt das x in deinem Namen her? Es klingt gar nicht scharf oder kratzbürstig, sondern zärtlich – wenn du im Salzwasser lebst, heißt du nicht minder zärtlich Meerweibchen. Nixchen. Und deine Schwester, das Hexchen? Auch sie ruft nur liebevolle, bis ins Väterliche reichende Gefühle hervor. Scheußlich, wenn sie alt und häßlich ist. Alte Nixen gibt es übrigens nicht. Allenfalls bei Andersen in der *Kleinen Meerjungfrau*. Warum mußte dieses Märchen so traurig ausgehen? Das konnte ich als Kind überhaupt nicht verstehen. Aber das Leben geht oft traurig aus. Damals wußte ich das noch nicht.

Bei dir, dem Nixchen, geht nichts traurig aus. Bist nur da, freust dich des Lebens, und daran freuen wir uns. Bist zudem ein heimatliches Nixchen. Wir sehen die Kirche Oberzell auf der Reichenau im Hintergrund. Hast du übrigens so viel mit Kirchen im Sinn? Das bezweifele ich. Das eben schützt dich vor dem Schicksal der *schönen Lilofee* im Volkslied, die *den wilden Wassermann im tiefen, tiefen See* heiraten mußte und so gerne wieder nach oben und in die Kirche gehen wollte, aber: *Deine Kindlein schreien so sehr nach dir …* da mußte sie wieder hinunter, die *arme Lilofee*. Du aber, Nixlein,

EPPLE 87

bist gerne unten, und trotzdem ist die Reichenau mit ihren Kirchen oben deine Heimat.

Es gibt viele Heimaten, und, so Theodor Fontane im *Archibald Douglas, Der ist in tiefster Seele treu, Der die Heimat liebt wie du* – gleich, welche. Bei deiner großen, unheimlichen Kusine, der Undine, werden wir auf jemanden zu sprechen kommen, der ein unglückliches Leben hatte: Wolfgang Maximilian von Goethe, das frühere Wölfchen seines Großvaters Johann Wolfgang. Auch Wolf liebte seine Heimat, das grüne Thüringen. Dürfen wir das hier zitieren? Es paßt doch wohl hierher, Heimat ist Heimat. In seinem Versdrama *Erlinde*, in dem ja auch Nixenschwestern von dir vorkommen, werden verschiedene Schauplätze genannt, heimatlich thüringische, und so heißen sie: *Thüringer Wald. Am Fuße des Finsterberges. An der Pforte des Klosters Paulinzella. Ufer der Ilm zwischen Ilmenau und Manebach. Am Fuße des Schlosses Berka an der Ilm. Wiese an der Ilm bei Berka. Ufer an der Ilm, zwischen Berka und Buchfart. Paulinzella. Schlucht bei Hetschburg. An der Ilm zwischen Berka und Tannroda. Tännicht. Schloßgarten zu Buchfart. Gipfel des Schneekopfs. Wald am Sachsenstein. Fels bei Oettern. Halle im Thalschloß von Buchfart.*

Gell, du bist mir nicht böse, daß ich so schnell von der Reichenau auf Thüringen, die Heimat meiner Kindheit gekommen bin? Und klingen diese Namen nicht schon ganz für sich genommen heimatlich? Genau wie die Namen Reichenau, Oberzell, Hegne, Allensbach, Markelfingen, Ermatingen, ja sogar Mannenbach … Übrigens, in Thüringen sagt man auch *gell*.

UNDINE

„Undine (Undene), ein zuerst von P. A. Th. Paracelsus erwähnter weibl. Wassergeist, der (wie nach mittelalterl. Volksglauben alle Seejungfrauen) unbeseelt gedacht wurde, aber durch Vermählung mit einem ird. Mann eine Seele erhalten konnte. ... Der Stoff ist der Mahrtenehe zuzurechnen. Als Märchenerzählung „U." (1811) von F. de la Motte-Fouqué [aha! siehe Lampedusa!] thematisiert."

„Mahrtenehe, seit dem MA in verschiedenen Versionen verbreiteter Sagen- und Märchenstoff. Die Eheschließung eines Mannes mit einer übernatürl. Frau (Fee, Waldfrau u. a.) wird für den ird. Partner mit Tabus verbunden ... Sobald er sich darüber hinwegsetzt, zieht er Unheil auf sich oder die Jenseitige entflieht für immer. Zu den bekanntesten Fassungen des Stoffes zählen die Sage von der Melusine."

„Melusine, nach einer altfrz. Geschlechtersage Ahnfrau des gräfl. Hauses Lusignan ..."

Das waren, wie man bestimmt gemerkt hat, Lexikonartikel – aus *Meyers Enzyklopädischem Lexikon* –, die in ihrer äußersten Nüchternheit ein Gegengewicht dazu darstellen sollen, daß jetzt ausgiebig Gedichte zitiert werden sollen, alle zum Thema Undine – Melusine – Lusignan. Zuerst Gérard de

Nerval:

El Desdichado

Je suis le ténébreux, – le veuf, – l'inconsolé,
Le prince d'Aquitaine à la tour abolie:
Ma seule étoile est morte, – et mon luth constellé
Porte le soleil noir de la Mélancolie.

Dans la nuit du tombeau, toi, qui m'as consolé,
Rends-moi le Pausilippe et la mer d'Italie,
La fleur qui plaisait tant à mon coeur désolé,
Et la treille où le pampre à la rose s'allie.

Suis-je Amour ou Phébus? Lusignan ou Biron?
Mon front est rouge encor du baiser de la reine;
J'ai rêvé dans la grotte où nage la sirène …

Et j'ai deux fois vainqueur traversé l'Archéron:
Modulant tour à tour sur la lyre d'Orphée
Les soupirs de la sainte et les cris de la fée.

Und dann die Übersetzung. Nicht irgendeine. Sie stammt von Paul Celan, dem Dichter aus Czernowitz. Herrlich in ihrer üppigen Sprachgewalt, ganz anders als seine eigenen aufs Äußerste konzentrierten Gedichte:

El Desdichado

Ich bin der Immerdüstre, der Witwer trostverwaist,
Der Aquitanenfürst vom Turm, der nicht mehr steht:
Des Sternenlosen Laute, mit Sternen übersät,
Sie trägt die Schwermutssonne, die schwarze, die da kreist.

Gib, die du Trost gewußt, der Nacht in meinem Grab
Den Posilipp zurück, gib ihr Italiens Meer,

Der Wein- und Rosenlaube, weis ihr den Weg hierher,
Die meinem Gram geleuchtet, die Blume reich herab.

Wer bin ich? Eros? Phoibos? Sag: Biron? Lusignan?
Noch glüht mir auf der Stirne der Kuß der Königin;
Wo die Sirenen schwimmen, da träumte ich und sann.

Den Acheron durchquert ich – zweimal durchquert ich ihn,
Auf Orpheus' Leier spielend – ich spielte zweierlei:
Es war der Heilgen Seufzer, es war der Feenschrei.

Und schließlich, hundert Jahre nach Nerval, in Deutschland, *Melusinens Lied* von Rudolf Borchardt – wir geben hier nur die erste und die beiden letzten Strophen dieses Mannes wieder, der das „lange Gedicht" wiederbelebt hat:

O, Guy von Lusignan,
Ich seh dirs an, unglücklich willst du werden!
Was willst du, Mann,
Du willst von mir, was ich nicht geben kann!

...

O, Guy von Lusignan,
Ich gebs je keinem, was ich von dir hehle!
Nur Mund und Leib will ich an jeden Mann
Verschenken, daß er mir von dir erzähle!

Vielleicht, es spürts kein andrer, was mir fehle?
Ein Fischer nicht? Dein Jäger nicht im Tann –
O, Guy von Lusignan –
Stirb nicht daran, ich habe keine Seele.

Melusine; sie ist dämonisch. Undine hat etwas Kühleres, Grüneres, Deutscheres. So auch auf dem Bild, am Ufer des

Sees, im Schilf, in den Seerosen. Man denkt doch weniger ans Meer, also an Lampedusas Sirene, eher an Fouqué, an Eduard Mörikes Blautopf mit der Schönen Lau, an den Bodensee – oder an die Umgebung: Meßkirch? Konradin Kreutzer! (oder noch etwas weiter: Ortenau? die von Diemringen!) –, gewiß nicht an das liebliche Flüßchen Ilm. Und doch kann man sich auch die Ilm vorstellen, wenn man an ein Naturwesen aus dem Wasser denkt, das sich mit einem Sterblichen verbinden will. Das hätte sogar einen Bezug zu Konstanz und ist mit dem Namen Goethe verbunden. Nein, nicht mit Johann Wolfgang, sondern mit dem jüngeren der beiden Enkel, mit Wolfgang Maximilian.

Er war, wie jedermann weiß, ein unglücklicher, gescheiterter Mensch. Wie sein Bruder Walter Wolfgang auch. Als junger Mann, man darf wohl in seinem Fall noch sagen: als Jüngling, hatte er Bedeutendes vorgehabt. Seine erste Großtat sollte eine Art Gesamtkunstwerk sein. Er wollte in dreifacher Weise verkünden, daß der zivilisationsgeschädigte Mensch sich mit der Natur zu versöhnen habe.

Und er tat das, indem er eine philosophische Abhandlung zu diesem Thema schrieb, indem er in lateinischer Sprache in Heidelberg über ein ähnlich aufgefaßtes Thema aus der römischen Religionsgeschichte zum Doktor der Rechte promovierte, und indem er ein deutsches romantisches Versdrama verfaßte. Alle drei Texte unter dem Obertitel *„Der Mensch und die elementarische Natur"*, die Abhandlung als *„Erster Beitrag"*, die Dissertation als *„De ea quae homini cum natura intercedit ratione Tractatus secundus"* und das Drama als *„Dritter Beitrag"*.

Was hat das mit der Undine und mit Konstanz zu tun? Dieses: Das Versdrama heißt *Erlinde*, und die Haupthandlung besteht darin, daß die Vereinigung von Eginolph, dem Grafen von Berka, mit der die Natur symbolisierenden Ilm-Nixe Erlinde nicht gelingt, was die Versöhnung des Menschen mit der „elementarischen Natur" bedeutet hätte. Aber der Schluß gibt einen hoffnungsfrohen Ausblick:

Wohl dem Geschlecht, das klar erkennt,
Zu einen weiß, was jetzt getrennt!
Es wächst der Geist, er wird gesunden,
Wenn sich der Mensch und die Natur gefunden.

Erlinde ist also Wolfgang Maximilians Undine, und ein Exemplar des Erlinde-Dramas befindet sich, nun endlich sind wir da, in der Bibliothek des Suso-Gymnasiums zu Konstanz. Es hat eine handschriftliche Eintragung auf dem Vorsatzblatt, die so lautet:

Dieses Gedicht hat zum Verfasser Maximilian Wolfgang von Goethe (Enkel Göthes) welcher vor kurzem 63 Jahre alt geworden ist. Es war vollendet 1843, in welchem Jahr ich in Berlin mit M. Goethe auf Universität war. Vor der Herausgabe hat er dasselbe Alexander von Humboldt vorgelesen, der den Dichter ermuthigte. Als Goethe sein Doktor Examen machte, verfaßte er und gab in Druck drei Dissertationen über das Thema: ‚Der Mensch und die elementarische Natur', die eine in lateinischer Sprache, die andere in deutscher Prosa und die dritte unter dem Titel ‚Erlinde', das ist das nachstehende Gedicht. Dieses Buch habe ich vom Verfasser erhalten nebst den beiden anderen Dissertationen. Für die Figur des ‚Engelram' behauptete G. ich sei ihm Modell gestanden, d. h. wie er sich dachte daß ich ihm Modell sein könne. Februar 1883

Leicht war es nicht, das zu entziffern, der Bibliothekar Hans Hesse und ich haben es gemeinsam geschafft, aber nicht erkennen konnten wir den Namen dessen, der es geschrieben hat. Ob jemand von den Lesern dieses Buches einen Hinweis geben kann?

Damit soll die Undine-Melusine-Erlinde-Undine-Reise abgeschlossen sein. Lang genug war sie. Ob das zarte Wesen auf dem Bild ahnt, was es alles heraufbeschworen hat?

NAUSIKAA

Man braucht sehr viel Vorkenntnisse und man muß sich sehr einlesen, um das Großartige der beiden Epen Homers, der Ilias und der Odyssee, wirklich verstehen und empfinden zu können – immerhin sind sie vor 2700 Jahren entstanden –, aber es gibt Szenen und Passagen, die unmittelbar auch auf den heutigen Leser wirken. Dazu gehört die Geschichte von Nausikaa im Sechsten Gesang der Odyssee.

Odysseus, König von Ithaka, wird auf den Irrfahrten bei seiner Heimkehr vom Trojanischen Krieg nachts als Schiffbrüchiger bei Scheria, der Insel des Volkes der Phäaken, an Land gespült. Morgens kommt Nausikaa, die Tochter des Königs Alkinoos, mit ihren Gespielinnen an den Strand, um Wäsche zu waschen. Danach spielen sie Ball. Der Ball fällt in das Versteck, in dem der erschöpfte Odysseus schläft. Er erwacht. Er fürchtet sich, kommt aber trotzdem hervor: Er, so in der Übersetzung von Johann Heinrich Voß:

... kroch aus dem Dickicht, der edle Odysseus,
Brach mit der starken Faust sich aus dem dichten Gebüsche
Einen laubichten Zweig, des Mannes Blöße zu decken,
Ging dann einher wie ein Leu des Gebirgs, voll Kühnheit und Stärke,

Welcher durch Regen und Sturm hinwandelt; die Augen im Haupte
Brennen ihm …

Also ging der Held, in den Kreis schönlockiger Jungfraun
Sich zu mischen, so nackend er war; ihn spornte die Not an.
Furchtbar erschien er den Mädchen, vom Schlamm des Meeres besudelt;
Hierhin und dorthin entflohn sie und bargen sich hinter die Hügel.
Nur Nausikaa blieb; ihr hatte Pallas Athene
Mut in die Seele gehaucht und die Furcht den Gliedern entnommen.
Und sie stand und erwartete ihn. …

Nausikaa sorgt dann dafür, daß er gebadet und zu einem zivilisierten Menschen gemacht wird. Pallas Athene verleiht ihm noch zusätzlich Stattlichkeit, und Nausikaa führt ihn schließlich in die Stadt an den Königshof. Das alles ist mit einer Zartheit erzählt, die in dieser Frühzeit der Menschheitsgeschichte selten anzutreffen ist. Es verwundert daher nicht, daß Literatur und Kunst immer wieder die Nausikaa-Geschichte neu variiert haben. Auch bei Goethe sind Reste eines Nausikaa-Dramas erhalten.

Für Elisabeth Langgässer verkörperte sich Nausikaa in der zarten Anemone und wurde so das Sinnbild für die Wiederkehr ihrer Tochter Cordelia aus Auschwitz und überhaupt für das Wiederauftauchen aus den Schrecken der NS- und Kriegszeit:

Holde Anemone,
bist du wieder da

Und erscheinst mit heller Krone
Mir Geschundenem zum Lohne
Wie Nausikaa?

Windbewegtes Bücken,
Woge, Schaum und Licht!
Ach, welch sphärisches Entzücken
Nahm dem staubgebeugten Rücken
Endlich sein Gewicht?

Genau das ist das Bild.

Nicht alles. Zwar lassen wir weg, was von der Dichterin als wirklicher Person zu sagen wäre. Aber die Überschrift *Frühling 1946* verlangt doch noch ein Wort; ein Wort im Sinne des Gedichts. Für eine unendliche Zahl Menschen nämlich dauerte vieles von dem an, wovon die Dichterin befreit war. Wir freuen uns mit ihr, daß der höllische und so reale Albtraum vorbei war, daß leichter, durchsichtiger, anemonenhafter Frühling anbrach. Aber wir denken auch an die, die weiterhin in Lagern und Bergwerken litten und zugrundegingen, 1946 und viele weitere Jahre. Bis heute.

ORPHEUS UND EURYDIKE

An der Nordküste des Schwarzen Meeres kommen bei archäologischen Ausgrabungen immer mehr merkwürdige beschriebene Plättchen zum Vorschein, die die russischen Gelehrten Vinogradov und Zhmud' – aus Moskau und St. Petersburg – als Weihetäfelchen erkannt haben, die von Orphikern stammen. Die antike Religion bestand nämlich nicht nur aus den Mythen um die Olympischen Götter, sondern daneben gab es zahlreiche andere religiöse Bewegungen, und eine davon war der im sechsten vorchristlichen Jahrhundert aufgekommene Orphismus. Er hat seinen Namen von dem thrakischen Sänger Orpheus, dessen Gesang so gewaltig war, daß er alle, die ihn hörten, bezwang. Von den wilden Tieren bis hin zu den Göttern, sogar zum Totengott Hades oder Pluton. Das entsprach einem tiefsitzenden menschlichen Bedürfnis. Denn in der olympischen Religion führten die Gestorbenen nur ein schattenhaftes Dasein, während die geheimen Lehren der Orphik um Seelenwanderung und Weiterleben nach dem Tode kreisten. Auch das Christentum schließlich verdankte seinen Erfolg unter anderem diesem Defizit der offiziellen griechisch-römischen Religion.

Eine sehr späte Variante der Orpheus-Sage freilich berichtet vom Scheitern des Sängers. Als seine Gattin Eurydike an

einem Schlangenbiß gestorben war, rührte sein Gesang den Totengott so, daß er Eurydike aus der Unterwelt freilassen wollte. Jedoch unter der Bedingung, daß Orpheus sich beim Heraufführen Eurydikes nicht umsehen dürfe. Was dann geschah, schildert Ovid zur Zeit des Kaisers Augustus so:

Carpitur adclivis per muta silentia trames
arduus, obscurus, caligine densus opaca.
nec procul afuerunt telluris margine summae:
hic, ne deficeret, metuens acidusque videndi
flexit amans oculos: et protinus illa relapsa est
bracchiaque intendens prendique et prendere certans
nil nisi cedentes infelix adripit auras.

Das ist aus Ovids *Metamorphosen*, Buch 10, Verse 53 - 59. Klingt das Latein nicht wunderbar?

Gut, gut, ich bringe sofort eine Übersetzung, nämlich die von Reinhart Suchier 1858:

Aufwärts steigen sie jetzt durch schweigende Öde den Fußpfad
schroff, voll düsteren Grauns und umstarrt von finsterem Dunkel.
Nicht mehr waren sie fern vom Rande der oberen Erde,
da, sie verlangend zu sehn und besorgt, daß Kraft ihr gebreche,
schaut er liebend sich um, und zurück gleich ist sie gesunken.
Sehnlich die Arme gestreckt, auf daß er sie fasse und selber
werde gefaßt, hascht nichts denn weichende Lüfte der Arme.

Die Übersetzung ist übrigens einer DDR-Ausgabe entnommen, mit herrlichen Picasso-Zeichnungen, 1971 bei Philipp Reclam jun. in Leipzig erschienen. Ja, es gab schöne Bücher in der DDR – wenn man an sie herankam.

Aber nun zurück zu Orpheus und Eurydike. Ganz gewiß ist literweise Tinte geflossen – oder elektrischer Strom für den Computer –, um die tiefere Bedeutung dieser Geschichte herauszuarbeiten, zu erklären und zu illustrieren. Wie oft kommt in den Märchen der Gebrüder Grimm das Motiv vor, daß jemand ein starkes Bedürfnis, meist Neugier, unterdrücken müsse, um Höchstes zu erlangen, und meist geht es schief. Im letzten Moment. Bei Ovid gibt Orpheus zwei Regungen nach: Ungeduld, die Geliebte zu sehen, und Sorge, die Kräfte könnten sie verlassen. In dieser Reihenfolge, also zuerst die egoistische Regung, dann die altruistische. So auch bei Gottfried Benns Orpheus, der nur an seinen eigenen Verlust denkt: *Wie du mich zurückläßt, Liebste* –.

Aber die Reihenfolge ist wohl nicht das Entscheidende. Wie richtig hat Ovid vielmehr gesehen, daß bei menschlichen Handlungen verschiedene Antriebskräfte neben- und ineinander wirken! Jemand hat die psychologische Situation auf die Spitze getrieben, nämlich der Maler: Die Hände sind nur einen winzigen Abstand voneinander entfernt, in allerletzter Sekunde scheitert, was fast gelungen wäre: Das ist modern, das ist Spannung und besonders schmerzliche Katastrophe.

So wenig wir auf Vorgänger in der Malerei hinweisen, so wenig breiten wir lexikalisch aus, wie das Drama von Orpheus und Eurydike auf der Bühne erschienen ist. Nur den *Ritter Gluck*, den wollen wir nennen. Erstens hat E. T. A.

Hoffmann eine wunderbare Geschichte auf ihn geschrieben, und zweitens hatte Franz Anton Mesmer aus Iznang Beziehungen zu ihm (drittens sei schnell erwähnt, daß E. T. A. Hoffmann eine unheimliche Geschichte *Der Magnetiseur* geschrieben hat, ohne Mesmer nicht denkbar), so daß wir durch die Hintertür schnell noch einen heimatlichen Akzent in die Geschichte bringen können.

Der *Ritter Gluck* – lest, o lest Hoffmanns Geschichte, die so heißt und so aufhört, sie ist ja kurz! –, der *Ritter Gluck* also hat eine Oper *Orpheus und Eurydike* komponiert, mit einigen Zeilen der Arie Nr. 27 wollen wir aufhören.

Ach, ich habe sie verloren,
All mein Glück ist nun dahin.
Wär' o wär' ich nie geboren,
Weh, daß ich auf Erden bin!

Das klingt blaß? Und wie wäre es so?

VANITAS

Ich wandte mich und sah das Leben an:
Darinnen Schnellsein nicht zum Laufen nützt
Und Tapfersein nicht hilft zum Streit; darin
Unheil nicht traurig macht und Glück nicht froh;
Auf Frag ohn Sinn folgt Antwort ohne Sinn;
Verworrner Traum entsteigt der dunklen Schwelle,
Und Glück ist alles, Stunde, Wind und Welle.

Das ist Hugo von Hofmannsthal, *Der Tor und der Tod* – aber er hat es vom *Prediger Salomo*, Kapitel 9, Vers 11: *Ich wandte mich und sah, wie es unter der Sonne zugeht, daß zum Laufen nicht hilft schnell sein, zum Streit hilft nicht stark sein, zur Nahrung hilft nicht geschickt sein, zum Reichtum hilft nicht klug sein; daß einer angenehm sei, dazu hilft nicht, daß er ein Ding wohl kann; sondern alles liegt an Zeit und Glück.*

Daß alles eitel sei, ist in Zeiten der Gewalt und des Chaos besonders empfunden worden. Andreas Gryphius aus dem schlesischen Glogau dichtete als Zwanzigjähriger 1636, also mitten im Dreißigjährigen Krieg:

SAPIENTIA INSIPIENTIS
M·H
INCERTA

DU siehst / wohin du siehst nur Eitelkeit auf Erden.
Was dieser heute baut / reißt jener morgen ein:
Wo jetzund Städte stehn / wird eine Wiese sein /
Auf der ein Schäfers-Kind wird spielen mit den Herden:
Was jetzund prächtig blüht / soll bald zertreten werden.
Was jetzt so pocht und trotzt ist morgen Asch und Bein /
Nichts ist, / das ewig sei, / kein Erz / kein Marmorstein.
Jetzt lacht das Glück uns an / bald donnern die Beschwerden.
Der hohen Taten Ruhm muß wie ein Traum vergehn.
Soll denn das Spiel der Zeit / der leichte Mensch, bestehn?
Ach! was ist alles dies / was wir für köstlich achten /
Als schlechte Nichtigkeit / als Schatten / Staub und Wind;
Als eine Wiesen-Blum / die man nicht wieder find't.
Noch will, was ewig ist, kein einzger Mensch betrachten!

Wie oft hatte man im Deutschland des zwanzigsten Jahrhunderts Gelegenheit, sich dieser Verse zu erinnern, und man fragt sich, welche ähnliche Erfahrung möglicherweise hinter dem Text des alttestamentlichen Predigers steht, der freilich erst aus hellster hellenistischer Zeit stammt. Ja, alles ist eitel, der Prediger kann sich nicht genug tun, es in immer neuen Variationen einzuschärfen, auch die sinnlose Ungerechtigkeit der Welt. Kapitel um Kapitel, Vers um Vers, wozu sind alle Anstrengungen, alle Klugheit nütze? Alles muß doch sterben und geht dahin. Wir sind von Gräbern umgeben. Bald werden wir selber darin sein, und dann vergessen. Wie rührendsinnlos sind die Beteuerungen in den Todesanzeigen, daß die Verstorbenen im Gedächtnis der Überlebenden weiterleben würden! Und diese? Wissen sie denn gar nicht, daß sie genauso dahinsinken werden?

Friedrich Schnack hat gedichtet – ich fand dies Gedicht ausgerechnet im *Informationsblatt für den Ortsteil Litzelstetten / Mainau* vom 30. November 1979 und hatte es gleich auf meinen damals dreijährigen Sohn Christoph, später auch auf meinen Sohn Johannes bezogen; auch mein Freund Karl Heinz hatte beim Lesen sofort an seinen Heiko gedacht –:

Vater und Kind

Kleine Hand in meiner Hand,
ich und du im jungen Grase,
ich und du, im Kinderland
gehn wir auf der langen Straße:
deine Hand in meiner Hand!

Kleine Hand in meiner Hand,
die einander zärtlich fassen:
ich und du, nichts hat Bestand.
Einmal, ach! muß ich dich lassen,
kleine Hand, aus meiner Hand.

Kleine Hand in meiner Hand,
kleiner Schritt bei meinem Schritt,
kleiner Fuß im weiten Land:
einmal geh ich nicht mehr mit.
Einmal gehst du ohne mich,
wie ein Traum mein Bild verblich.

Ja? Ist das alles, was dazu zu sagen ist? Nein.

Gewiß, du hast recht. Alles ist eitel, alles muß sterben. Das sagen auch die Inschriften auf den Grabsteinen. *Mors certa, hora incerta:* Der Tod ist sicher, nur die Stunde ungewiß. *Media vita in morte sumus:* Mitten im Leben sind wir vom

Tod umfangen. *Sapienta insipientis:* Die Weisheit des Dummen (ist, daß es keinen Gott gebe). *Et omnis vanitas:* und alles ist eitel.

Aber, aber. Auf dem Bild stehst du als Narr, und so oft es die Aufgabe gerade der Narren ist, die Wahrheit zu sagen, so ist diese Wahrheit doch ambivalent, denn jetzt lebst du. Das siehst du auch, denn du hast die Hände nicht über, sondern unter den Augen. Und die sehen geradeaus in das Leben. Das ist dieselbe Gewißheit wie die, daß du einmal sterben wirst.

Ja, alles ist eitel. Aber alles zu seiner Zeit. Das Leben ist *auch* Wirklichkeit, so wirklich wie das Wissen um die Vergänglichkeit. Das Leben ist Wirklichkeit. Es kann, wer weiß das nicht, schreckliche, es kann schöne, schönste Wirklichkeit sein. Für sie sind wir geschaffen. In ihr, in der Wirklichkeit, im Leben sollen wir uns bewähren. Das ist sogar Pflicht. Manchmal kann es Glück bedeuten, ganz selten. Aber für sie, für die Wirklichkeit, für unsere Bewährung in ihr sind wir geboren.

Alles soll eitel sein? Nein. Auch das sagt der Prediger Salomo:

So gehe hin und iß dein Brot mit Freuden, trink deinen Wein mit gutem Mut; denn dein Werk gefällt Gott.

Laß deine Kleider immer weiß sein und laß deinem Haupt Salbe nicht mangeln.

Brauche das Leben mit deinem Weibe, das du liebhast, solange du das eitle Leben hast, das dir Gott unter der Sonne gegeben hat, solange dein eitel Leben währt; denn das ist dein Teil im Leben und in deiner Arbeit, die du tust unter der Sonne.

Alles, was dir vor Handen kommt zu tun, das tue frisch; denn bei den Toten, dahin du fährst, ist weder Werk, Kunst, Vernunft noch Weisheit.

MELANCOLIA

Ein Lieblingsgegenstand der Maler, diese *melancolia*, die *Schwarze Galle*. Natürlich Albrecht Dürer, aber auch Fernand Léger, die Reproduktion einer Radierung von ihm steht in meinem Zimmer: Immer der Kopf in die Hand gestützt, zielloser, in sich gekehrter Blick. Die Schwermut, heute sagt man Depression dazu, kann eine wirkliche, medizinisch faßbare Krankheit sein, die man bekämpfen kann. Es gibt Psychopharmaka dagegen. Das ist gut so. Und es wäre Hochmut und Grausamkeit, aus sozusagen ästhetischen Gründen auf solche nur das Äußere betreffende Heilung herabzusehen. Aber es ist doch wohl nach wir vor so, daß es Abgründe der menschlichen Seele gibt, an denen nicht herumkuriert werden kann, Abgründe, die bis zur Selbstzerstörung führen können.

Dennoch. All die Dichter, die dieses Gefühl empfunden und ihm unvergeßlichen Ausdruck verliehen haben, sahen auch die andere Seite. *Welten, Werke, letzte Dinge – todgeweiht.* Und doch hat dieser Dichter, Gottfried Benn, glühendste Liebesgedichte geschrieben.

Am Ende von Goethes *Faust* kommt die Sorge und sagt:

Wen ich einmal mir besitze,
Dem ist alle Welt nichts nütze;

EPPLE 86

Ewiges Düstre steigt herunter,
Sonne geht nicht auf noch unter,
Bei vollkommnen äußern Sinnen
Wohnen Finsternisse drinnen

– und so weiter in dieser Art. Faust will das nicht zur Kenntnis nehmen, da schlägt ihn die Sorge mit Blindheit. In diesem Zustand glaubt er fälschlich, er habe sein Lebensziel erreicht und fällt daher – *abredegemäß* sozusagen – in die Gewalt des Mephistopheles.

Und doch: Er wird gerettet.

OTHELLO

Die Bibel, Homer, Goethe haben uns bisher begleitet, es fehlt noch Goethes *William, Stern der höchsten Höhe*, also Shakespeare. Die Handlung von *The Tragedy of Othello, the Moore of Venice* muß gewiß nicht nacherzählt werden, freilich, *how Shakespeare hit upon the name Othello no one knows; for so far it has not been discovered in any document or printed work,* so heißt es in der Einleitung der Shakespeare-Ausgabe der *Everyman's Library*. Aber darauf kommt es ja nicht an, wohl auch nicht darauf, daß Othello schwarz ist, was früher ohnehin weniger wichtig war, als man heute glaubt. Ankommen tut es auf die beklemmende Darstellung der sich immer mehr herausbildenden Eifersucht, unaufhaltsam, alles überwältigend.

Eifersucht. Es gibt sie wirklich, und sie ist tödlich. Hat es Sinn, den Rivalen oder den umkämpften Menschen umzubringen? Nicht den geringsten, im Gegenteil. Man entfernt sich dadurch noch mehr vom Menschen, von dem man geliebt sein will, und es bringt auch den Mörder oder die Mörderin in oft ebenfalls tödliche Gefahren. Aber die Raserei ist stärker, sie kennt kein Kalkül. Sie endet in der Katastrophe.

OPHELIA

Shakespeares Hamlet spielt seltsamerweise in der deutschen Geistesgeschichte eine besondere Rolle. Oder ist das gar nicht seltsam? Hat das Stück wegen der schwebenden, schwankenden Ungreifbarkeit des Charakters des Titelhelden einige Affinität zum deutschen Nationalcharakter? Gar nicht schwebend, sondern eindeutig brutal ist Hamlets Verhalten aber gegenüber der ihn liebenden Ophelia: Er stößt sie höhnisch zurück, sie wird wahnsinnig und ertränkt sich. Ihre zarte Gestalt flößte immer unendliches Mitleid ein und hat auf diese Weise ein literarisches Eigenleben gewonnen.

Arthur Rimbaud hat ein langes, zartes Gedicht auf sie geschrieben, dessen letzte Strophe so lautet:

Et le Poète dit qu'aux rayons des étoiles
Tu viens chercher, la nuit, les fleurs que tu cueillis,
Et qu'il a vu sur l'eau, couchée en ses longs voiles,
La blanche Ophélia flotter, comme un grand lys!

In Walther Küchlers Übersetzung:

Der Dichter sagt, daß in der Nächte Sternenfeier
Du die gepflückten Blumen suchst, daß er gewahrt

EPPLE 80

Hintreibend in der Flut, auf ihrem langen Schleier,
Ophelia, große, weiße Lilie, gebahrt!

Ob der jung verstorbene expressionistische Dichter Georg Heym Rimbauds Gedicht gekannt hat? Seines ist alles andere als zart, insofern wahrheitsgetreuer, aber auch deshalb, weil es ja wirklich ein schrecklicher Tod ist. Georg Heym ist übrigens im Wannsee ertrunken ...

Im Haar ein Nest von jungen Wasserratten,
Und die beringten Hände auf der Flut
Wie Flossen, also treibt sie durch die Schatten
Des großen Urwalds, der im Wasser ruht.

Die letzte Sonne, die im Dunkel irrt,
Versenkt sich tief in ihres Hirnes Schrein.
Warum sie starb? Warum sie so allein
Im Wasser treibt, das Farn und Kraut verwirrt?

Im dichten Röhricht steht der Wind. Er scheucht
Wie eine Hand die Fledermäuse auf.
Mit dunklem Fittich, von dem Wasser feucht
Stehn sie wie Rauch im dunklen Wasserlauf,

Wie Nachtgewölk. Ein langer, weißer Aal
Schlüpft über ihre Brust. Ein Glühwurm scheint
Auf ihrer Stirn. Und eine Weide weint
Das Laub auf sie und ihre stumme Qual.

Auf dem Bild sieht man weder Wasserratten noch Aal noch Glühwurm. Und doch trifft das Bild das, was das Gedicht sagt: das arme Hirn, die vor Entsetzen gesträubten Haare, der Irrsinn und der elende Tod. Gibt es das? Ja, das gibt es.

DER TOD DES DICHTERS ROBERT WALSER

Der Tote lag lang ausgestreckt auf dem Rücken, die rechte Hand auf der Brust, den linken Arm gestreckt und die linke Hand etwas verkrallt. Den Kopf leicht zur Seite geneigt und den Mund geöffnet, schien er die klare Winterluft einzusaugen. Zwei Meter oberhalb des Kopfes lag der Hut." So Robert Mähler in seiner „dokumentarischen Biographie" von 1992. Auf dem Bild ist vieles anders, aber eines nicht: Der Dichter hat den Mund geöffnet. Will er noch etwas sagen, vielleicht das Wesentliche, das ihm im Augenblick des Todes erst aufgeht und das er mit hinübernimmt? Wir wissen, was das ist, denn Robert Walsers Augen sind weit aufgerissen, und wir sehen, genau wie er, ein Bräutchen, das Sternenblumen über ihn streut, erst jetzt, im Tod – *Die Seele, der im Leben ihr göttlich Recht nicht ward* ... – ist es das?

Der Tod des Dichters. Wie sterben sie, die Dichter? Entspricht ihr Tod ihrem Leben und Dichten? Bände könnten wir damit füllen. Das Verdämmern im Turm am Neckar oder unter einer tyrannischen Schwester in Weimar, das elende Dahinsiechen in der Matratzengruft von Paris, das fast öffentliche Entschlafen im Hause am Frauenplan ... Ein Dichter war er nicht, aber von Platon, dem dichterischen

EPPLE 87

Philosophen, der die Dichter aus seinem Staat verbannen wollte, in seinem Dialog *Phaidon* unsterblich geschildert, ist Sokrates und sein Tod. Nicht daß er Frau und Kinder hinausschickt, imponiert uns, im Gegenteil, aber unvergeßlich ist das väterliche Streicheln über das Haar eines Schülers und die ironische Gelassenheit, mit der er die anderen beruhigt – daß fast ein halbes Jahrtausend später der Römer Seneca diesen Tod nachspielte, beeindruckt höchstens dadurch, daß er zum Nachspielen die Nervenkraft hatte.

Und die unbekannten Tode. Wir starb der, auf dessen Dichtung viel von dem beruht, was auf diesen Seiten gesagt wird, also der, dessen schönes Standbild in seiner Geburtsstadt Sulmona in den Abruzzen und in seiner Verbannungstadt Constanza am Schwarzen Meer steht? Wie starb also Publius Ovidius Naso? Der Dicher der *Metamorphosen*, dieses lebensvollen Riesengedichtes von der Weltgeschichte im Spiegel der unzähligen Verwandlungen in der griechisch-römischen Mythologie?

Der Dichter der Liebe, auch und gerade derjenigen Liebe, deren reizendste Verkörperung die hier mehrfach verherrlichte Aphrodite ist? Der Dichter, der gerade deshalb an das damals noch unwirtliche Schwarze Meer verbannt wurde, zu Skythen, Dakern und in einen nicht enden wollenden Winter? Der Dichter, der auf der Reise in seine Verbannung und im Verbannungsort Tomis selber formvollendetste, todtraurige Gedichte schrieb, bereute, klagte und doch immer noch dichten konnte, zu seiner eigenen nicht geringen Verwunderung übrigens? Der Dichter, der seinen Kaiser Augustus nicht erweichen konnte, was neben vielem anderen diesen Herrscher des Friedens im fahlen Licht der kalten Grausamkeit erscheinen läßt? In der Verbannung ist der elegante Großstadtmensch Ovid gestorben, unter provinziellen Griechen, unter halbzivilisierten Barbaren, vielleicht sogar, wie Robert Walser, im Schnee, im ihm verhaßten Schnee. *Keiner* seiner Freunde *hat ihn begleitet*.

Noch einmal zum Bild. Die Lyrikerin Ursula Flügler hat bemerkt, dieses Mädchen, das ihn bestreut, könnte seine *Anima sein, jenes Inbild des Weiblichen, das ihn in seinem Leben als Ahnung geleitet hat, ihm sein Inneres, seine Phantasien und unerfüllten Träume vom Weiblichen erschlossen und gezeigt hat* und daß die Sternblumen im hellen Schnee-Licht jenen Rosen gleichen, von denen Gottfried Benn spricht:

ach, schon lösen sich Glieder
und in dein letztes Gesicht
steigen Boten hernieder
ganz in Rosen und Licht.

BETERINNEN VON LEUTSCHAU

Die Dreizahl – drei Parzen, drei Nornen, drei Hexen im Macbeth und bei Fontane. Hier sind es nur drei alte Frauen, in schwarz, wie überall in Europa auf dem Lande üblich. Beterinnen sind es, nach dem Gottesdienst. Sie sehen uns klug und ruhig an. Aber lassen wir zum Schluß den Maler zu Worte kommen, der von der Entstehung des Bildes berichtet.

Es war am Gründonnerstag 1987 in Leutschau, heute Levoca, ehemals Hauptort der deutschsprachigen Zips in der östlichen Slowakei; ich stand, umdrängt von Gläubigen, in der Sankt-Jakobs-Kirche mit dem höchsten Hauptaltar der Welt, einem Werk des spätgotischen Schnitzers Meister Paul.

Da sah ich sie, die drei Beterinnen, an der Seitenwand, in dem hochragenden, doch einfachen, dunkelbraunen Gestühl: schwarz gekleidet, mit einem schwarzen, streng gebundenen Kopftuch, wie es die Bäuerinnen zu tragen pflegen, das Gesicht weiß wie Wachs, mit einprägsamen, klaren Zügen und einer Vielzahl feiner Falten. Gesichter wie aus vergangenen Jahrhunderten, mit wissenden Augen, die wohl alles gesehen hatten; Gesichter von Müttern, versun-

ken in stillem Ernst, Frauen, die vielmals am Grab gestanden hatten und selbst dem Grab nahe waren, die langes Leid ertragen und spärliche Freuden erlebt hatten. Urmütter, nahe der Erde, die ein Leben lang Sorgen und Segen, Sonne und Fluch als Zugeteiltes angenommen hatten, die sich Tag für Tag mehr um andere kümmerten als um sich selbst, die Menschen kommen und gehen sahen, wachsen und verblühen, gedeihen und verderben.

Haben sie *das Maß des Lebens und der Liebe bis zum Rande gefüllt gehabt* – um nun auch noch Ernst Jünger zu Worte kommen zu lassen – und blicken sie nun zufrieden zurück? Ach, das fragen sie nicht. Sie haben nicht nach individueller Erfüllung gesucht. Sie haben bloß ein redliches Leben geführt und sind gerade deshalb mit sich im Reinen.

Mögen wir das auch von uns sagen können. Und wenn nicht: Mögen die, die mit sich im Reinen sind, so viel vom Leben wissen, um nicht den Stab über uns zu brechen.

EPPLE '87

BILDREGISTER

STIMMEN ZU DEN BILDERN VON BRUNO EPPLE

Bruno Epples Bilder ziehen an. Ist es die Einfachheit der Werke dieses naiven Malers oder ist es ihre Kraft, die eine besondere Art von Faszination ausstrahlt? Die Bilder haben eine eigenartige Wirkung: Sie fordern dazu auf, das Detail zu betrachten, andererseits aber sind sie stets als Ganzes präsent. Der Gesamteindruck ist so eindringlich, daß diese Bilder im Sinne der analytischen Psychologie von C. G. Jung etwas Archetypisches an sich haben. Es sind die Gesichter, die mit der Gesamtgestalt wirken, sie prägen oder zuweilen gar bestimmen. Betrachtet man die Gesichter allerdings genauer, sind sie eigentlich sehr einfach und erlauben kaum Assoziationen an reale Gesichter. Ihnen fehlt eine detaillierte, persönliche Mimik, und in ihrem unpersönlichen, typischen Charakter erinnern sie spontan an Darstellungen von Anima und Animus. Anima und Animus: die Repräsentanz des eigenen und des anderen Geschlechts unseres Seelenlebens ...

Wie immer man Bruno Epples Bilder betrachtet: Es scheinen Momentaufnahmen eines Traumes zu sein, fixiert auf ein Stück Leinwand, gebannt mit Palette, Pinsel und Farbe des Sehenden, des Träumenden, eben jenes ursprünglichen, archetypischen, eben jenes naiven Malers, frei von den Dimensionen des Raumes und der Zeit. Es ist die Zeitlosigkeit auf diesen Bildern, die fasziniert, die relative Zeitlosigkeit der Kindheit und ihr Hinweis auf die Ewigkeit, die unserer Geburt vorausging, auf die Millionen von Jahren, die wir im Mutterleib verbracht haben, auf die fast in geologischen Zeiträumen erfolgende Entwicklung. Die Poesie des Lebens im Mutterleib und die Ahnung davon, daß das Leben im Mutterleib nur die Fortsetzung dessen ist, was davor war, ein graduelles Hineinwachsen aus der Zeitlosigkeit in eine Welt der Veränderungen, Ängste, aber auch Hoffnungen: Das spricht aus Epples Bildern. Es ist daher kein Zufall, daß es stets die Metaphern von Geburt, Leben und Sterben sind, die den Maler Epple faszinieren …

Symbole, Archetypen menschlicher Entwicklung, in denen sich existentielle Themen verdichten, erleben wir in Epples Bildern schlechthin. Hier werden durch die Phantasie Komplexe, jene krisenanfälligen Stellen eines Individuums, transparent, in denen zugleich auch die Keime neuer Lebensmöglichkeiten liegen. Wo Komplexe sind, sind auch Emotionen, und wo Emotionen sind, sind auch Bilder. Sie machen all das aus, was nicht selten mit Philosophie, Religionen, kollektiven Weltanschauungen umrissen wird. Den Zusammenstoß des Individuums mit den Anforderungen der Umwelt, in Epples Werk durchleben wir ihn aufs neue.

Walter Pöldinger / Rolf-Günther Sommer in: „Einbildungen. Lebensstationen in Bildern und Texten", Rosgarten Verlag, Konstanz 1990

Die Maßgaben seiner Kunst sind nicht aktueller – also soziologischer oder politischer –, sondern geistiger Art. Sie beziehen sich nämlich auf ein umfassendes historisches Bewußtsein, das ich am liebsten durch ein Zitat Ernst Jüngers kennzeichnen möchte: „Man darf", so notierte er einmal in *Siebzig verweht*, „nicht zu sehr Zeitgenosse sein, um die Verluste unserer Gegenwart noch empfinden zu können, und je mehr man es ist, desto weniger hat man die Chance, daß die Welt einem noch aus ihren Tiefen heraus antwortet." Diesen intellektuellen Sicherheitsabstand teilt Epple nicht nur mit Jünger, sondern mit einer ganzen Reihe von Denkern und Schriftstellern, die allesamt im Abseits der Moden und des Zeitgeistes standen, wo nicht im Widerspruch zur Gegenwart …

Die stießen nämlich durch die temporäre Gebundenheit der Dinge hindurch und wurden von den verständigeren Kritikern als Suche nach jenen Urbildern gelesen, die Anatole Jakovsky, dem Theoretiker naiver Kunst, als Archetypen des Menschlichen erschienen oder die man mit dem Schopfheimer Philosophen Max Picard als „paradiesische Spur der Dinge" bezeichnen könnte. Die vielleicht beste Beschreibung dessen, was damit gemeint ist, hat indes Joseph Roth gegeben. Mit Blick auf die Bücher Max Picards schrieb er bereits in den späten zwanziger Jahren, es sei ein Kennzeichen der echten Wahrheiten, daß man sie nicht zum ersten Mal zu sehen und zu hören meine, sondern sich ihrer zu erinnern glaube. „Sie kommen", schrieb Roth, „gleichsam aus der großen Schatzkammer der Wahrheit, in die wir alle einmal – vor unserer Geburt – haben blicken dürfen, um sie sofort wieder zu vergessen." Aber dieser eine Blick habe uns die Fähigkeit geschenkt, nach der Wahrheit zu suchen – „nicht um sie als etwas Neues zu finden, sondern als etwas Altes, Ewiges wieder zu entdecken".

Mir scheint, als ließe sich auch bei Epple einiges von dieser Ahnung des Alten und Ewigen wiedergewinnen – handele es sich nun um mythische Motive oder ganz besonders um seine Landschaftsbilder. In ihnen erhalten die Dinge wieder etwas zurück von der Dignität des Ursprünglichen und Ältesten, vom Geheimnis und der Würde des Nichtdeduzierten. Sie helfen dabei, unsere ältesten Ahnungen von den Dingen wieder schärfer zu stellen und erneue(r)n das Bild einer alt gewordenen Schöpfung, zeichnen ihre paradiesischen Spuren nach, die die menschliche Geschichte oft bis zur Unkenntlichkeit verdeckt hat. Diese Vergegenwärtigung von Altem und Ältestem hat nichts mit historienseliger Gegenwartsvergessenheit zu tun, sondern ist ein Akt des Ein-Schaffens in heutiges Bewußtsein …

Manfred Bosch anläßlich der Eröffnung der Ausstellung „Bruno Epple" am 6. Oktober 2001 in Radolfzell am Bodensee

Bruno Epple hat sich einmal dagegen gewehrt, als raffiniert bezeichnet zu werden. Im hiesigen Sprachgebrauch ist es ja auch eine moralische Bezichtigung, wenn man einen raffiniert nennt. Der Alemanne legt Wert auf eine faltenlos-währschafte Seelentracht. Man hatte es aber positiv gemeint, das Raffiniertsein. Man wollte ihn stilistisch von der naiven Malerbank weg haben. Er antwortete: „Ich tue mein Bestes, aber ich betrüge nicht." So milde, so con sordino wurde ABER in der deutschen Sprache sicher noch nie verwendet. Aber der Satz ist auch ein liebenswürdiges Bekenntnis zu den Grenzen des Machbaren. Ich höre darin das Vertrauen zu dem, was sich von selbst bildet: die Hoffnung auf unverbrauchbare Unschuld. Und die schaut uns dann so vieläugig und so neuschneehaft aus allen Bildern an. Mit dem Effekt, daß wir unsere Verluste empfinden. Daß sie sich so stumm stellen, so wortlos, so harmlos, so absichtslos ... damit kriegen sie uns. Nicht sie sind das Objekt, das geprüft wird, sondern wir. Man muß nachgeben, sich anschauen, sich mustern lassen vom Epple-Kosmos. Das ist offenbar der Epple-Effekt. Sobald man diese Bilder betrachtet, fangen sie an, den Betrachter zu betrachten, und sie hören, solange man sie betrachtet, nicht damit auf. Also bitte, sage ich, nachdem ich mich jetzt wieder eine Zeitlang habe von Epple-Augen betrachten lassen, für heute reicht es, ein anderes Mal wieder, du raffinierte Unschuld, du.

Auszug aus: Martin Walser, „Der Epple-Effekt", MUT – Forum für Kultur, Politik und Geschichte, Nr. 416, April 2002

Bruno Epple, am 1. Juli 1931 in Rielasingen/Hegau geboren, lebt als Maler und Schriftsteller mit seiner Frau Doris in Öhningen-Wangen am Bodensee. Unterrichtete bis 1989 am Gymnasium Radolfzell Deutsch, Geschichte und Französisch. Malt seit 1955. Seine Bilder sind durch Ausstellungen in Europa und Südamerika bekannt geworden, auch durch viele Publikationen, so u. a.:
Rüdiger Zuck: *„Der naive Maler Bruno Epple"*, Konstanz 1977; Dino Larese: *„Besuch bei Bruno Epple"*, Amriswil 1982; Katalogbuch: *„Bruno Epple"* (Mit einer Einleitung von Martin Walser), Konstanz 1986; Bruno Epple: *„Seesonntag – Bilder und Tagebuchblätter"*, Friedrichshafen und Amriswil 1988; Bruno Epple: *„Einbildungen"*, Konstanz 1990; zuletzt Saur *„Allgemeines Künstlerlexikon"*, München und Leipzig 2002.
Bruno Epple erhielt 1991 den Bodensee-Literaturpreis der Stadt Überlingen und 2002 die Verdienstmedaille des Landes Baden-Württemberg.

Wolfgang Schuller, Jahrgang 1935, Schulbesuch in Berlin, Thüringen, Mecklenburg und Niedersachsen bis 1955. Studium der Rechtswissenschaft, Assessorexamen 1965, danach Studium der Altertumswissenschaften. Seit 1976 Professor für griechische und römische Geschichte an der Universität Konstanz. Zahlreiche Beiträge in der Zeitschrift MUT. Wolfgang Schuller ist Mitglied der Akademie gemeinnütziger Wissenschaften zu Erfurt und des Autorenkreises der Bundesrepublik.